Lili B Brown

**Catalogage avant publication de Bibliothèque
et Archives nationales du Québec et Bibliothèque et Archives Canada**

Rippin Sally
La fée des dents (Lili B Brown ; 20)
Traduction de : The missing tooth.
Pour enfants de 6 ans et plus.
ISBN 978-2-7625-9573-4

I. Fukuoka, Aki, 1982- . II. Rouleau, Geneviève, 1960- . III. Titre.
IV. Rippin, Sally. Lili B Brown ; 20.

PZ23.R56Den 2013   j823'.914   C2012-942884-1

Titre original : Billie B Brown
La fée des dents (The missing tooth)
publié avec la permission de Hardie Grant Egmont

Texte © 2012 Sally Rippin
Illustrations © 2012 Aki Fukuoka
Logo et concept © Hardie Grant Egmont
Le droit moral des auteurs est ici reconnu et exprimé.

Version française
© Les éditions Héritage inc. 2013
Traduction de Geneviève Rouleau
Conception et design de Stephanie Spartels
Illustrations de Aki Fukuoka
Graphisme de Nancy Jacques

Imprimé au Canada

Nous reconnaissons l'aide financière du gouvernement du Canada
par l'entremise du Fonds du livre du Canada.

Nous reconnaissons l'aide financière du gouvernement du Québec
par l'entremise du Programme de crédit d'impôt – SODEC.

Dépôts légaux : 1ᵉ trimestre 2013
Bibliothèque et Archives nationales du Québec
Bibliothèque et Archives Canada

Les éditions Héritage
300, rue Arran, Saint-Lambert (Québec) Canada J4R 1K5
Téléphone : 514 875-0327 – Télécopieur : 450 672-5448
Courriel : information@editionsheritage.com

La fée
des dents

Texte : Sally Rippin
Illustrations : Aki Fukuoka
Traduction : Geneviève Rouleau

Chapitre un

Lili B Brown a deux petites
nattes, quinze taches
de rousseur et une dent
instable. Sais-tu ce que
signifie le « B » dans
« Lili B Brown »?

Branlante !

Chaque matin, depuis
une semaine, Lili B Brown
s'installe devant le miroir
en secouant sa dent branlante
et en tentant de la faire
bouger. Cela ne sert à rien.
La dent reste bien en place.
C'est vraiment ennuyeux !

« Lili, cesse de jouer avec
ta dent, lui dit sa mère.

Quinze taches
de rousseur

Deux petites nattes

Une dent
instable

3

Elle va tomber quand
le moment sera venu.
Dépêche-toi de te brosser
les dents sinon tu vas être
en retard à l'école.»

La mère de Lili est d'humeur
maussade aujourd'hui. Noah
a beaucoup pleuré cette nuit
et elle est très fatiguée.

Noah a les joues brillantes et
rouges, et il **bave** beaucoup.

La maman de Lili dit qu'il perce des dents. Lili se brosse les dents soigneusement. Son père tend le cou dans l'ouverture de la porte de la salle de bain. «Je peux enlever ta dent, si tu veux», dit-il à la blague. «Je n'ai qu'à enrouler un bout de fil autour de ta dent et à nouer l'autre bout à la poignée de porte. Puis, **vlan**! La dent est partie.»

« Pas question ! répond Lili
en crachant le dentifrice dans
le lavabo. Ça ferait trop mal ! »

Lili se rend à l'école à pied,
avec son père et son meilleur
ami, Thomas. En route,
elle recommence à faire
bouger sa dent.

« Que dirais-tu de croquer
une bonne pomme ?
suggère Thomas.

C'est comme ça que
j'ai perdu une des miennes.»

Lili fait non de la tête.
«Ça pourrait faire mal»,
explique-t-elle.
Elle enfonce ses mains
dans ses poches pour
empêcher ses doigts
de farfouiller dans sa bouche.

À l'école, la classe de Lili est
justement en train d'apprendre

toutes sortes de choses
sur les dents. Ils découvrent
qu'un éléphant a des dents
pointues qu'on appelle
des « défenses ». Les crocodiles
ont 70 dents et les requins

en ont trois séries. Même
les limaces ont des dents!

Madame Aurélie demande
qui, parmi les élèves, a déjà
perdu une dent.

Tout le monde lève la main,
sauf Lili. Lili fait la moue
et regarde son pupitre.

Dépêche-toi, dent!
pense-t-elle.

Chapitre deux

Au terrain de jeu, Lili et
Thomas jouent à la «tag»
avec d'autres enfants
de leur classe. Thomas est
le premier à être désigné
pour toucher un de ses amis.
Il poursuit Lili, qui court
autour du terrain de jeu.

Lili est très rapide, mais
Thomas la rattrape près
des robinets. « Lili, "tag"! »
crie-t-il. Lili décide
de poursuivre Mika.
Elle court vite, elle aussi.
Mais jamais aussi vite que
Lili, qui court, court,

court… Oh non.
Lili trébuche. Elle fait
une vilaine chute sur le béton.

Bien qu'elle soit tombée
sur les mains, Lili a frappé
son menton sur le sol.
Elle s'assoit et se met
à **hurler**.

Les mains de Lili sont
égratignées, ses genoux
sont égratignés et même

son menton est égratigné.

Elle a mal partout.

Pauvre Lili !

Thomas court vers elle. Mika,
Léa et Camille s'approchent
en courant, elles aussi. Des
larmes chaudes roulent sur
les joues de Lili. Mika
l'entoure de son bras.

« Je vais l'amener
à l'infirmerie ! » propose Léa.

«Non, je vais y aller!
proteste Camille.
C'est à mon tour!»

«Vous pouvez tous venir,
dit Lili, en reniflant.
J'ai besoin de vous tous
pour m'aider à marcher.
Mes genoux me font
TELLEMENT mal.»

Les amis de Lili l'aident
à se relever.

«Attends! lance Thomas.
Regarde!

Lili regarde par terre.
Là, dans la poussière,
se trouve quelque chose
de blanc et de très petit.
Ce n'est pas beaucoup plus
gros qu'un grain de riz.
Peux-tu deviner ce que
c'est?

«Ma dent!» lance Lili,
le souffle coupé.

Lili passe sa langue
dans le trou laissé par la dent.

C'est mou comme
une éponge et ça goûte
le métal. Lili reconnaît ce
goût. Elle s'étonne.
«Est-ce qu'il y a du sang?»

Léa jette un coup d'œil
dans la bouche de Lili.
«Un petit peu», dit-elle.

Camille fait une grimace,
comme si elle venait d'avaler
quelque chose d'amer.

Lili commence à s'**inquiéter**.

«Ça va aller, dit Thomas.
Il n'y en a presque pas.»
Il ramasse la petite dent
et la tend à Lili.

C'est à ce moment-là que
madame Aurélie s'approche.

«Lili est tombée!» lance Léa.

«Oh mon Dieu!
s'exclame madame Aurélie.
Regarde tes pauvres genoux.
Et ton menton! Il faudrait
nettoyer ça.»

«Regardez!» dit Lili.
Elle montre à madame
Aurélie la petite dent
au creux de sa main.

Madame Aurélie sourit.
Elle sort un papier-mouchoir

de sa poche. «Tiens, fait-elle.
Tu ne veux pas perdre
ta dent. Mets-la dans le
papier-mouchoir. Tu pourras
la rapporter à la maison
pour la Fée des dents.»

Lili sourit à son tour.
La Fée des dents!
Même si ses genoux
et son menton lui font mal,
elle ne peut s'empêcher
d'être un peu **fébrile**.

Chapitre trois

Le papa de Lili va
la chercher après l'école.
Lili est couverte
de pansements adhésifs.

«Oh non, Lili!
Qu'est-il arrivé?»

Mais Lili est bien trop
excitée pour s'en faire
avec ses blessures.

«J'ai trébuché et je suis
tombée. Mais regarde!»
dit Lili. Elle ouvre
le papier-mouchoir
avec précaution
pour montrer
la dent
à son père.

Le papa de Lili sourit.

« C'est vraiment super ! dit-il.

Ne la perds surtout pas.

J'ai bien l'impression

que la Fée des dents va

nous rendre visite ce soir ! »

Lili lance un petit cri

de **joie**. Elle remballe sa dent

dans le papier-mouchoir

et la met dans sa poche.

Sur le chemin du retour,
elle ne peut s'empêcher
de passer sa langue
dans l'espace qu'il y a entre
ses dents.

Une fois à la maison,
Lili entre en courant pour
montrer sa dent à sa mère.
Sa maman est sur le sofa,
en train de nourrir Noah.
Elle a l'air bien fatigué.

«Maman, maman! crie Lili.
Regarde, regarde!»

Lili crie tellement **fort**
qu'elle effraie Noah qui
se met à pleurer. La maman
de Lili a d'abord l'air fâchée.

Puis elle voit tous
les pansements de Lili.
« Oh, mon pauvre petit
soldat ! Que s'est-il passé ? »

« Je suis tombée, répond Lili,
maussade. Mais regarde !
Elle ouvre la bouche
pour montrer l'espace vide,
entre ses dents. »

« Ta dent est partie ! »
constate sa mère.

Elle fait un câlin à Lili. Noah émet un petit grognement de mécontentement.

Lili fait la moue. « Il est toujours en train de pleurer, ces jours-ci », dit-elle, **irritée**.

La maman de Lili se lève
pour bercer Noah
et l'endormir.

«Ce n'est pas sa faute,
soupire-t-elle. Il perce
des dents. C'est douloureux
pour ses gencives.» Mais Lili
ne veut pas parler des dents
de Noah. Elle veut parler
des siennes! «Regarde!»
insiste Lili. Elle sort le papier-
mouchoir de sa poche.

Elle l'ouvre doucement,
mais… le papier-mouchoir
est vide !

«Attends», dit Lili.
Elle fouille dans sa poche.
La dent n'est pas là.

«Oh non», murmure-t-elle.
Elle sent que sa lèvre
inférieure commence
à trembler. «Je ne la trouve
pas !»

«Elle est peut-être tombée dans la voiture?» suggère sa maman.

Lili cherche partout dans la voiture. La dent n'y est pas. Elle se met à pleurer. Ses genoux lui font mal, ses mains lui font mal et même son menton lui fait mal. Et voilà qu'elle a aussi perdu sa dent!

Chapitre quatre

Ce soir, c'est papa qui met
Noah au lit. La maman
de Lili est assise sur son lit.
Lili est très **contrariée**.

« Oh, Lili », compatit sa mère.

Elle lui fait un câlin.

«La Fée des dents va peut-
être venir quand même?»

Mais Lili hoche tristement
la tête. Ça ne sert à rien. Tout
le monde sait que la Fée
des dents ne se déplace que
s'il y a une dent à récupérer.

C'est à ce moment-là
que Lili a une idée.
Une super bonne idée.
«Je sais ce que je vais faire!
dit-elle, en séchant ses larmes.
Je pourrais peut-être écrire un
petit mot à la Fée des dents?»

«C'est une excellente idée!»
répond sa maman.

Lili sort ses crayons scintillants
et écrit une petite note

à la fée. Elle lui fait même
un dessin.

Chère Fée des dents,

J'ai perdu ma première dent
aujourd'hui. Je suis tombée à
l'école et j'ai frappé mon menton
et ma dent est partie. Mais j'ai perdu
ma dent en revenant de l'école (c'est vrai!).
Peux-tu me laisser des sous quand même?
Sinon, mes amis ne croiront pas que tu es venue.

De Lili

P.S. Si tu ne me crois pas, vérifie dans ma bouche.

P.P.S. Je vais essayer de dormir la bouche ouverte,
mais si elle est fermée, peux-tu revenir
un peu plus tard?

P.P.P.S. S'il te plaît, ne réveille pas mon frère
parce qu'il perce ses dents.

Lili glisse la note sous
son oreiller. Sa maman
embrasse Lili et lui souhaite
bonne nuit.

Le lendemain matin,
lorsque Lili se réveille,
elle s'assoit lentement.
Ses genoux et ses mains
lui font encore mal et
son menton est douloureux.
Lili cherche sa dent

branlante. Ah! c'est vrai,
elle est tombée!

Soudain, la mémoire
lui revient. La Fée des dents!
Est-elle passée? Lili soulève
son oreiller. Là, sur le drap,
se trouve une pièce
de monnaie qui brille
de tous ses feux.

«Maman! Papa!» crie Lili.

Elle court rejoindre
ses parents. Le papa de Lili
est déjà debout.
Noah est dans ses bras.

« Chut… dit-il. Ta maman
dort toujours. Qu'est-ce
qu'il y a, Lili ? »

« La Fée des dents est passée ! »
chuchote Lili, toute contente.

« Elle doit avoir lu mon petit
mot puisqu'elle m'a laissé
des sous ! »

« Eh bien voilà, Lili,
dit son père en souriant.

Je pense que la Fée des dents
a travaillé fort, la nuit
dernière. Regarde ! »

Le papa de Lili ouvre
doucement la bouche
de Noah.

Lili jette un coup d'œil
à l'intérieur. Et là, sur
sa gencive inférieure,
paraît une petite dent

blanche, aussi minuscule
qu'un grain de riz !

Collectionne-les tous!

 joue à la **coiffeuse** `5`

 L'assistante du professeur `6`

 Le **cadeau** parfait `7`

 Le **message** secret `8`

 La **grande** sœur `9`

 Tout un **anniversaire** `10`

 Le **petit** mensonge `11`

 Le **grand** projet `12`

 L'**argent** de poche `13`

 Deux amies pour **la vie** `14`

 La **petite** nouvelle `15`

 C'est le temps des **vacances** `16`

 Le cours de **natation** `17`

 Le **film** d'horreur `18`

 Le **méchant** garçon `19`

 La **fée** des dents `20`